BIST DU DA, GOTT?

Gebete von und für Teens

neukirchener aussaat

INHALT

DANKSAGUNG

Der besondere Dank für dieses Buch gilt dem Landesjugendkonvent der Evangelischen Jugend in Sachsen. Nur durch diese enge Zusammenarbeit konnten die einzelnen Jugendlichen und Jugendkreise in Sachsen ermuntert werden, Gebete für dieses Buch einzusenden.
Mit zahlreichen Aktionen unterstützten die Teilnehmer und Freunde des Landesjugendkonventes die Verbreitung dieses Aufrufes.

Der Dank gilt deshalb auch all denjenigen, die persönliche Gebete eingesendet haben und den Jugendkreisen, die an diesem Prozess mitgearbeitet haben.

KONTAKT ZUM LANDESJUGENDKONVENT

Wir vertreten die Interessen der Ehrenamtlichen und Jugendlichen der Evangelischen Jugend in Sachsen. Wir wollen jungen Menschen auf dem Weg zum Glauben helfen und dazu beitragen, dass Gottes Wort jugendgemäß und richtungsweisend verkündet wird. Wir versuchen, in Zusammenarbeit mit dem Landesjugendpfarrer und den Mitarbeitenden der Jugendarbeit Lösungen für die aktuellen Herausforderungen der Jugendlichen in der Evangelischen Jugend in Sachsen und darüber hinaus zu finden. Dabei liegen uns auch politische und gesellschaftliche Themen am Herzen.

Unser Konvent setzt sich zusammen aus den Delegierten der Kirchenbezirke und der Vereine und Verbände der Jugendarbeit in der Evangelisch-Lutherischen Landeskirche Sachsens.

Du findest uns im Internet unter:
facebook.com/LJKsachsen
www.landesjugendkonvent.de
twitter @LJKsachsen

HALLO, IST DA OBEN ÜBERHAUPT JEMAND?

KANNST DU MICH EIGENTLICH HÖREN?

Hallo, ist da oben überhaupt jemand? Kannst du mich eigentlich hören? Sind das Ausrufe, die dir bekannt vorkommen? Geht es dir so, wenn du versuchst mit Gott Kontakt aufzunehmen aber eigentlich gar nicht so genau weißt, ob er da ist und dich hört?
Manchmal bist du vielleicht sogar wütend auf Gott, dass er dir nicht einfach mal so vom Himmel herunter winkt, damit du weißt, dass er da ist und dein Gebet erhört? Wäre es nicht ein Leichtes für Gott, das einfach mal zu tun?! Klar, aber vielleicht spürst du auch, dass niemand an etwas glaubt, bloß weil er einen sichtbaren Beweis bekommen hat. Denn der Glaube an Gott ist nicht mit den Händen zu greifen, stattdessen kannst du Gottes Gegenwart in deinem Leben erleben. So wie du die Liebe zu deiner Familien oder deinen Freunden spürst, oder die Wut, wenn du Ungerechtigkeit erfährst, so begegnest du auch Gott. Und obwohl diese Gefühle so tief und unfassbar in dir drin stecken, spürst du doch ganz deutlich, dass sie existieren, dass sie echt sind und dass sie dich zum Handeln zwingen.

Wenn du also das nächste Mal zum Himmel hinauf siehst und einfach nicht glauben kannst, wie Gott da oben sein kann und du zu ihm sprechen sollst, dann spüre in dich hinein, dort kannst du ihn ganz nah bei dir finden.

Wenn du Gott kennen lernen möchtest, dann ist dies der erste Schritt. Der zweite ist, zu ihm zu beten. Du weißt nicht, wie das gehen soll? Wo du anfängst und ob du dabei was falsch machen kannst? Vielleicht kommst du dir dabei ja auch ein bisschen lächerlich vor oder fühlst dich unbequem?

Ich lade dich dazu ein, das erste Kapitel dieses Buches aufzuschlagen und dich von den Gedanken anderer Jugendlicher inspirieren zu lassen, denen es genauso geht wie dir. Du kannst ihre Worte gebrauchen oder eigene finden, wenn du dich nach dem Lesen dafür entscheidest, das mit dem Beten doch einfach einmal zu probieren.

Ich möchte dir dazu noch einen meiner Lieblingssprüche aufschreiben. Er stammt von einer Mauer des Warschauer Ghettos und er beeindruckt mich, weil er der Inbegriff von Hoffnung ist, obwohl er inmitten einer hoffnungslosen Umgebung entstand:

Ich glaube an die Sonne,
auch wenn sie nicht scheint.
Ich glaube an die Liebe,
auch wenn man sie verneint.
Ich glaube an Gott,
auch wenn er schweigt.

Und nun stürze dich hinein in das Lesevergnügen
und lass dich inspirieren.

Viele Grüße
deine Juliane

1

GOTT KENNEN LERNEN

Den Sprung einfach wagen –
wie vom Drei-Meter-Brett.
Wenn ich keine eigenen Worte habe,
dann ist es schön, die Worte eines
anderen zu haben.

Hey Gott,
wer bist Du eigentlich und
was willst Du mit mir zu tun haben?

Wie funktioniert denn das
mit diesem Beten?
Die sagen immer, das wäre,
wie wenn ich mit dir rede.
Aber antwortest du überhaupt?
Wie kann ich das denn lernen?

Tschüss ... oder Amen.

Oh Gott,

wie bete ich denn?

Ups, das war ja schon ein Gebet.

Hast du das gehört, Gott?

Ich bete. Zu dir.

Amen.

Lieber Gott,
bisher habe ich nur von dir gehört.
Ich weiß nicht, ob es dich wirklich gibt.
Wenn es dich wirklich gibt,
dann will ich dich kennen lernen.
Stelle mir Menschen an die Seite,
die mich zu dir führen.

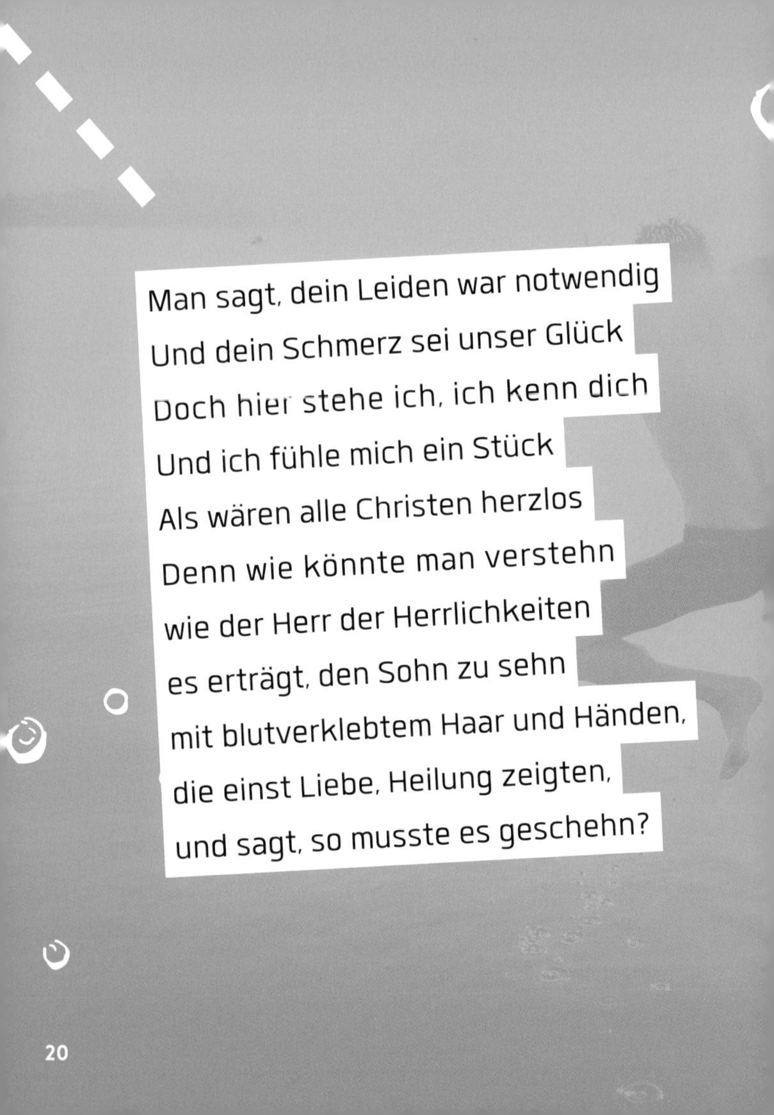

Man sagt, dein Leiden war notwendig
Und dein Schmerz sei unser Glück
Doch hier stehe ich, ich kenn dich
Und ich fühle mich ein Stück
Als wären alle Christen herzlos
Denn wie könnte man verstehn
wie der Herr der Herrlichkeiten
es erträgt, den Sohn zu sehn
mit blutverklebtem Haar und Händen,
die einst Liebe, Heilung zeigten,
und sagt, so musste es geschehn?

Ich meine, ja, ich bin dir dankbar
Und ich habe Angst vorm Nichts
Und vor dem Ende von allem, was war
Ich möchte sehn, was du versprichst
Will deine Herrlichkeit erfahren
Will auf ewig bei dir sein
Ich bin mir vollständig im Klaren,
Alles was ich bin, ist dein.
Doch trotzdem kann ich's kaum ertragen
Was du alles für mich gabst
Letztendlich bleibt mir nur zu sagen
Danke, dass du für mich starbst.

Guter Gott,
ich bin auf dem Weg zu mir selbst.
Ich weiß auch nicht, aber irgendwie
habe ich das Gefühl, mich verloren
zu haben. Ich bin mir selbst abhanden
gekommen. Wenn das überhaupt geht.
Aber es fühlt sich gerade so an.
Es heißt, du kennst uns Menschen alle,
jeden Einzelnen. Das klingt sehr gut.
Bitte hilf mir suchen. Wenn du mich kennst,
wie ich bin, wie ich wirklich bin,
dann sollte es mit dir zusammen gelingen,
dass ich zu mir komme. Danke, dass
du mitgehst und suchen hilfst.
Amen.

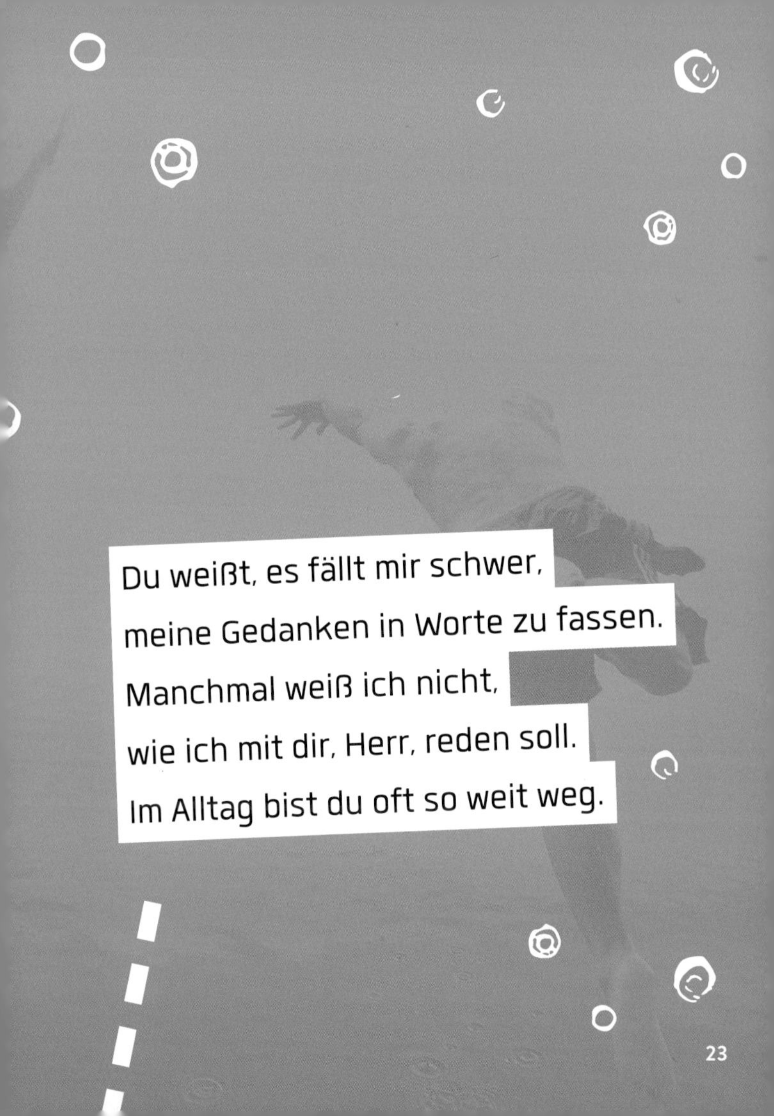

Du weißt, es fällt mir schwer,
meine Gedanken in Worte zu fassen.
Manchmal weiß ich nicht,
wie ich mit dir, Herr, reden soll.
Im Alltag bist du oft so weit weg.

2

MORGEN-GEBETE

Mit Gott in den Tag starten:
Was liegt heute vor mir?
Weswegen mache ich mir Sorgen?
Worauf freue ich mich?

Stille am Morgen
hab ich so selten.
Brauche ich auch gar nicht so oft.
Hab lieber Trubel um mich,
denn dann fühle ich,
wie ich von den Menschen
geliebt werde, die um mich sind.
Aber in der Stille,
da lausche ich dir.
Da höre ich am besten.
Also doch mehr Stille?
Vater, erhöre mich.
Amen.

Mein Vater,
der Tag ist noch so neu
und eigentlich bin ich müde und
möchte mich noch mal
umdrehen und weiterschlafen.
Doch bevor ich in den Alltag starte,
möchte ich mit dir reden.
Ich bitte dich, sei heute an diesem Tag
bei mir und gib mir genau die Kraft,
die ich für meine Aufgaben brauche.

Hey Gott,
im Alltag wirst du mir selten bewusst,
ich spüre dich kaum.
Aber wenn ich in mir zur Ruhe komme,
dann kann ich mit dir reden.
Bitte schenke mir heute ruhige
Augenblicke, damit ich einfach mal
das Gelaber der Welt abschalten kann
und stattdessen dir persönlich
begegne. Lass mich dich spüren.
Amen.

Herr, Vater,
jeden Tag wachst du über uns.
Du stehst uns stets auf unseren Wegen bei.
Ich danke dir für das Vertrauen,
welches wir in dich setzen können
und bitte dich, zeige den richtigen Weg
in die Zukunft, auf dem wir ohne Angst
gehen können.
Nimm uns die Sorgen des Alltags ab,
du weißt, sie lasten schwer auf
den Schultern eines jeden von uns.

Lieber Gott,
der heutige Tag wird kein leichter.
Es stehen viele
Herausforderungen vor mir.
Ich weiß nicht,
wie ich es schaffen soll.
Deshalb schenke mir Kraft und Segen,
damit ich diesen heutigen Tag
gut überstehen kann.
Amen.

Lieber Gott,

es steht ein langer Weg vor mir.

Amen.

Guter Gott,
ich weiß, dass du alles in deiner Hand hältst.
Die Hand, die alles geschaffen hat,
die alles trägt und auffängt.
Das weiß ich. Zumindest habe ich das
oft genug gehört.
Ich bitte dich so sehr, dass du mir hilfst,
dass dieses Wissen, was in meinem Kopf ist,
in mein Herz rutscht.
Dass ich es nicht nur weiß,
sondern auch fühle, verstehe
und eine tiefe Gewissheit darüber habe,
dass deine Hand hält.
Dass du Gott tatsächlich allmächtig bist.
Denn mein Wissen trägt mich nicht in
schwierigen Situationen oder
Entscheidungen.
Es ist viel eher diese Gewissheit,
dass du, Gott, es tun wirst.

Lass mein Wissen über dich nicht
nur leeres Wissen sein.
Lass mein Denken nicht nur
leeres Denken sein.
Lass meine Worte nicht bloß
leere Worte sein.
Komm du in all das hinein
und fülle es aus.
Du sollst in meinem Leben
nicht einfach nur mitlaufen
oder eine Person am Rande sein.
Nein. Du sollst mein Leben
gestalten, mich formen.
Du bist auf meiner Seite –
das ist so gut zu wissen!
Und wenn du für mich bist,
was kann da schon gegen mich sein
(wie in Römer 8,31 steht).
Amen.

3

UNTERWEGS SEIN

An so vielen Stellen in unserem Alltag
sind wir unterwegs irgendwohin.
Egal ob mit dem Bus, zu Fuß,
im Auto der Eltern oder mit dem Rad.
Es ist meistens eine Zeit, in der wir selbst still sind
obwohl um uns herum die Welt laut ist.
Was wir in diesen Aufbruchssituationen fühlen,
können wir vor Gott bringen.

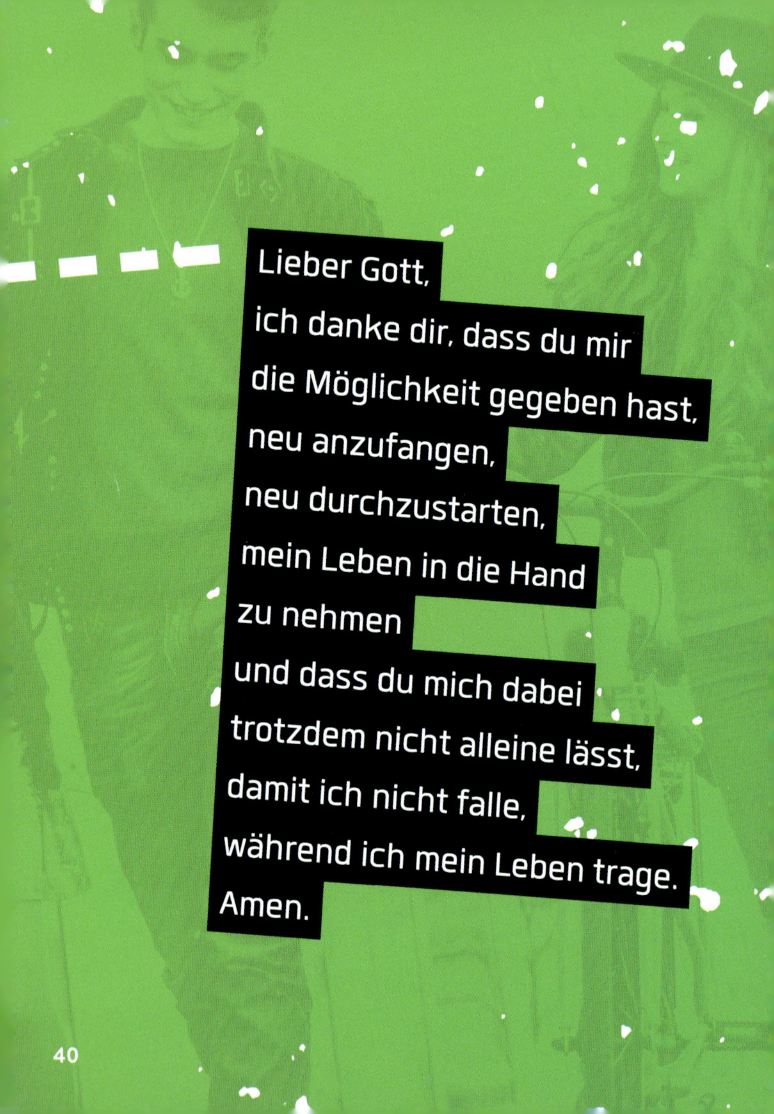

Lieber Gott,
ich danke dir, dass du mir
die Möglichkeit gegeben hast,
neu anzufangen,
neu durchzustarten,
mein Leben in die Hand
zu nehmen
und dass du mich dabei
trotzdem nicht alleine lässt,
damit ich nicht falle,
während ich mein Leben trage.
Amen.

Die Zeit geht immer im gleichen Schritt
und vergeht doch so unterschiedlich
schnell oder langsam.
Vater, geh' du diese Zeit mit uns
und lass uns viel erleben auf den
gemeinsamen Wegen.
Auch auf neuen Wegen sei du
mit uns und zeig uns deine Vielfalt,
in der Menschen und Kulturen
zusammen leben, sodass jeder Einzelne
etwas für sich entdecken und
mitnehmen kann und sein Leben
auf dem Weg mit dir in deine Hand legt.
Amen.

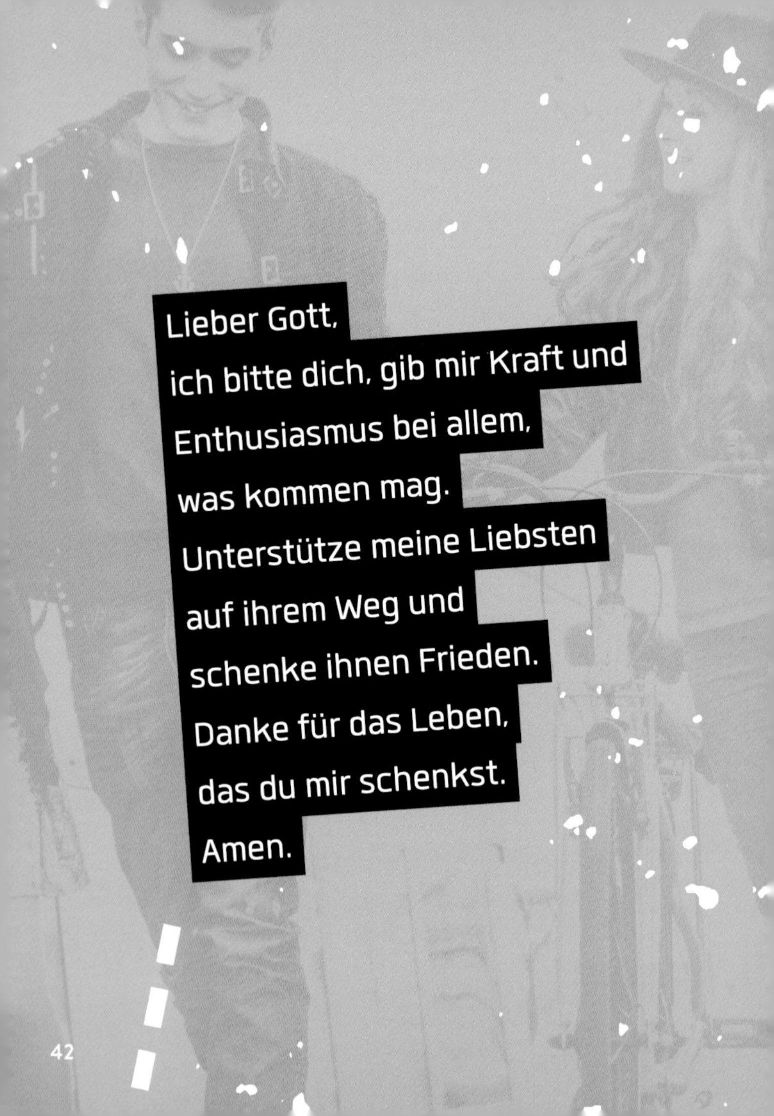

Lieber Gott,
ich bitte dich, gib mir Kraft und
Enthusiasmus bei allem,
was kommen mag.
Unterstütze meine Liebsten
auf ihrem Weg und
schenke ihnen Frieden.
Danke für das Leben,
das du mir schenkst.
Amen.

Hey lieber Gott,
ich danke dir, dass du da bist,
egal wo ich hinkomme und gehe.
Es ist gut zu wissen,
nie ganz alleine zu sein,
sondern jemanden
zum Reden zu haben.
Ich bin immer gemeinsam
mit Dir unterwegs und gerne.
Bitte hilf mir dabei,
auch mal anzuhalten,
zu genießen und
bewahre mich vorm Hetzen.
Dankeschön. Amen.

Großer Gott,
oft trage ich in meinem Leben Masken,
ich gebe mich anders, als ich bin.
Das macht mich fertig und
kostet mich Kraft.
Bitte richte du mich neu auf dich aus.
Gib mir Kraft, meine Masken abzulegen,
schenke mir Freunde, die mich
annehmen so wie ich bin.
Großer Gott,
du hast mich geschaffen wie
ich wirklich bin. So will ich leben.
Danke!

Motorrad fahren.

Wenn der Wind an meiner Jacke zieht
und ich durch Felder auf glatten
Asphaltstraßen dahingleite und die
Sonne meinen Weg bescheint:
Dann fühle ich meinen Herzschlag und
meine Mundwinkel ziehen sich nach oben.
Ich werde so von Glück durchströmt,
dass ich diesen perfekten Moment
einfangen möchte und für immer erleben will.
Doch es ist gut, dass diese
schönen Momente den Alltag
„durchlöchern".

Würde ich nur in diesem Moment leben,
würde meine Wirklichkeit relativiert werden.
Vergleichbar ist das mit Drogenkonsum
oder Rüstzeiten in den Ferien.
Dieses Hochgefühl muss punktuell sein,
damit ich die Schönheit und Besonderheiten
dieser Momente immer wieder neu
wertschätzen kann und darf.
Danke auch für die Vergänglichkeit
von Glück und perfekten Momenten.

Lieber Gott,

ich weiß nicht immer, was du in meinem Leben mit mir vorhast. Manchmal glaube ich es zu wissen und werde dann von dir überrascht, dass es doch anders ist, als erwartet. In meinem Leben ändert sich gerade sehr viel, denn ich beginne einen neuen Lebensabschnitt und beende einen alten, von dem ich dachte, es wäre der richtige Weg. Dank dir darf ich mich selbst immer wieder neu entdecken hinsichtlich meiner Schwächen und Stärken.

Ich will dir für diese neuen Erfahrungen
danken, aber auch für die alten,
denn ich stehe heute hier und bin
stärker denn je. Ich hoffe, du bist auch
weiterhin bei mir, unterstützt mich
und lenkst mich auf den richtigen Weg,
der manchmal Umwege besitzt.
Danke, dass ich dich habe und mich auf
dich verlassen kann.
Amen.

Manchmal frage ich mich,
ob ich überhaupt noch
eine Verbindung zu dir habe
und ob mich das überhaupt kümmert.
Denn du bist nicht mehr dieser
klassische Gott aus meiner Kindheit.
Aber Friede ist immer noch da und
dafür möchte ich dir danken:
Für die Momente des Innehaltens,
wo einfach nur der Moment zählt und
unglaublich schön ist.

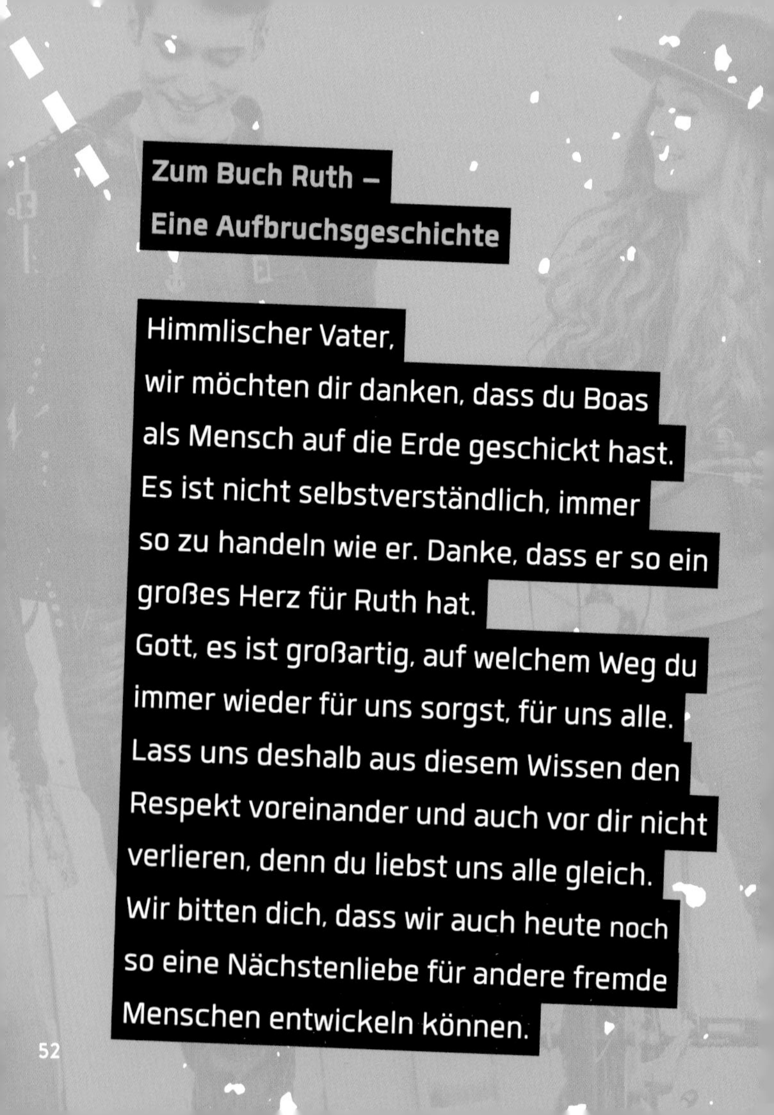

Zum Buch Ruth –
Eine Aufbruchsgeschichte

Himmlischer Vater,
wir möchten dir danken, dass du Boas als Mensch auf die Erde geschickt hast. Es ist nicht selbstverständlich, immer so zu handeln wie er. Danke, dass er so ein großes Herz für Ruth hat.
Gott, es ist großartig, auf welchem Weg du immer wieder für uns sorgst, für uns alle. Lass uns deshalb aus diesem Wissen den Respekt voreinander und auch vor dir nicht verlieren, denn du liebst uns alle gleich. Wir bitten dich, dass wir auch heute noch so eine Nächstenliebe für andere fremde Menschen entwickeln können.

Schenke uns die Eingebung, dass wir selbst
wissen, wie es sich als ein Ausländer anfühlt,
damit wir in Situationen schnell mit Liebe
handeln können. Hilf uns dabei und
auch anderen Menschen auf der Welt.
Gott, du weißt, was gut für uns ist.
Gott, du weißt, was gut für andere ist.
Gott, gib uns Mut und Kraft, das eine mit
dem anderen zu verbinden
Möge Gott auf dem Weg, den du vor dir hast,
vor dir hergehen.
Das ist der Wunsch für deine Lebensreise.
Mögest du die hellen Fußstapfen
des Glückes finden und ihnen auf dem
ganzen Weg folgen.
Amen.

Zum Buch Ruth –
Eine Aufbruchsgeschichte

Hey Gott,
danke für die Menschen, die bei uns sind.
So wie du uns versorgst,
können wir für andere da sein.
Lehre uns, gutmütig und hilfsbereit
gegenüber Menschen zu sein.
Öffne unsere Augen für Menschen,
die unsere Hilfe benötigen und öffne auch
die Augen der anderen.
Hilf uns auf diesem Weg, denn nur
durch dich können wir lernen dort zu helfen,
wo unsere Hilfe gebraucht wird.

Bitte hilf Menschen wie Ruth,
dass sie gesund bleiben und dass
sie eine neue Heimat finden.
Hilf uns, dass wir im Frieden leben,
sodass wir keinen Grund haben,
unsere Heimat zu verlassen.
Gib uns die Kraft, dass wir handeln
wie Boas und unseren Mitmenschen helfen.
Verhilf uns zu dem Respekt davor,
dass du alle Menschen egal welcher Herkunft,
Hautfarbe, Geschlecht oder sexueller
Orientierung aufnimmst,
willkommen heißt und sie umsorgst.
Segne alle Menschen, die dies ebenfalls tun.
Amen.

4

TESTS HERAUSFORDER

Die Mathearbeit, der Sporttest, ein Mädchen ansprechen. Da gibt es viele kleine Herausforderungen am Tag, die uns zum Schwitzen bringen. Wie kann da ein Stoßgebet zum Himmel uns Mut verleihen und uns zeigen, dass wir das nicht alleine schaffen müssen.

UND
UNGEN

Liebender Gott,

mir wird gerade alles zu viel.

Die Schule wächst mir über den Kopf

Herr, zeige mir, was ich jetzt tun soll.

Stelle du mir Leute an die Seite,

die mir Kraft geben, weiter zu machen

Danke, dass du mein Gebet hörst.

Okay Gott!
Du siehst, wie es gerade in
meinem Leben läuft.
Meine Eltern stressen nur rum
und ich fühle mich zu Hause nicht wohl.
Bitte lass Frieden und Ruhe
zu Hause einziehen!
Und bitte hilf mir einzusehen,
was ich falsch mache.
Zeige aber auch meinen Eltern,
wie man liebt!

Jesus,
lass mich
nicht
fallen.

Herr,
weil alles möglich zu sein scheint,
lehre mich zu widerstehen:
den Verlockungen des Konsums,
den Versprechungen von
großen Gewinnen,
den zu einfachen Erklärungen,
warum es noch keinen Frieden geben kann,
den Skeptikern, die nur Pessimismus
verbreiten.
Du bist das Brot des Lebens,
unser Hauptgewinn,
Friedefürst und Licht der Welt.

Okay Gott!
Du siehst, was bei mir gerade abgeht.
Ich habe sehr viel Stress mit meinem Vater.
Ich kann nicht ordentlich mit ihm reden
und habe keine liebevolle Beziehung zu ihm.
Du weißt, dass er mich früher geschlagen
und runtergemacht hat und immer meinen
Bruder bevorzugt hat.
Ich kann ihm zurzeit nicht vergeben.
Aber wenn ich nicht bereit bin zu vergeben,
vergibst du auch nicht.
Doch ich weiß, dass du mir dabei
helfen kannst, meine Angst und meinen
Sturkopf zu überwinden.
Deswegen rede ich gerade mit dir.
Bitte heile du mein Herz und schenke,

dass ich damit umgehen kann und meinem
Vater und meinem Bruder aus tiefstem Herzen
und mit deiner Hilfe vergeben kann.
Ich danke dir, dass du dir das angehört hast
und für mich da bist und ich danke dir,
dass ich überhaupt einen Vater habe!
So und jetzt hast du Zeit zu Wort zu kommen :)
Ich möchte mir jetzt Zeit nehmen, dir zu zuhören
und nicht selber nur zu reden!

Vater,

du hast mir zugehört, mir Ruhe und Kraft in meiner Last gegeben. In allen Lebenssituationen warst du bei mir, dafür will ich dir danken. Ich brauche deine Hilfe, Herr. Alleine schaffe ich das nicht.

Deshalb komme ich mit meinen Problemen zu dir. Du kannst mir bei allem helfen.

Du siehst meine schulischen Herausforderungen und kennst den Leistungsdruck, unter dem ich stehe.

Doch du sagst, dass ich mich ganz auf dich verlassen kann und nicht auf meinen Verstand vertrauen muss.

Du kennst die Konflikte in meiner Familie und mit meinen Freunden und oft weiß ich nicht weiter.

Doch du sagst, dass ich alle Sorgen
auf dich werfen darf,
denn du sorgst für mich.
Du weißt, dass ich oft an meine
Zukunft denke und ich nicht sicher bin,
wie mein Weg weiter geht.
Doch du sagst mir zu, dass du bei mir
sein wirst, bis ans Ende der Welt.
Auch wenn ich gerade auf
einem steinigen Weg bin, weiß ich,
dass du einen Plan für mich hast.
Leite mich auf dem Weg, den du für
mich vorbereitet hast.
Amen.

Let's do it: Lies doch mal Psalm 23!

Lieber Gott,
ich habe heute eine
wichtige Klassenarbeit.
Bitte hilf mir dabei,
sie gut zu bestehen.

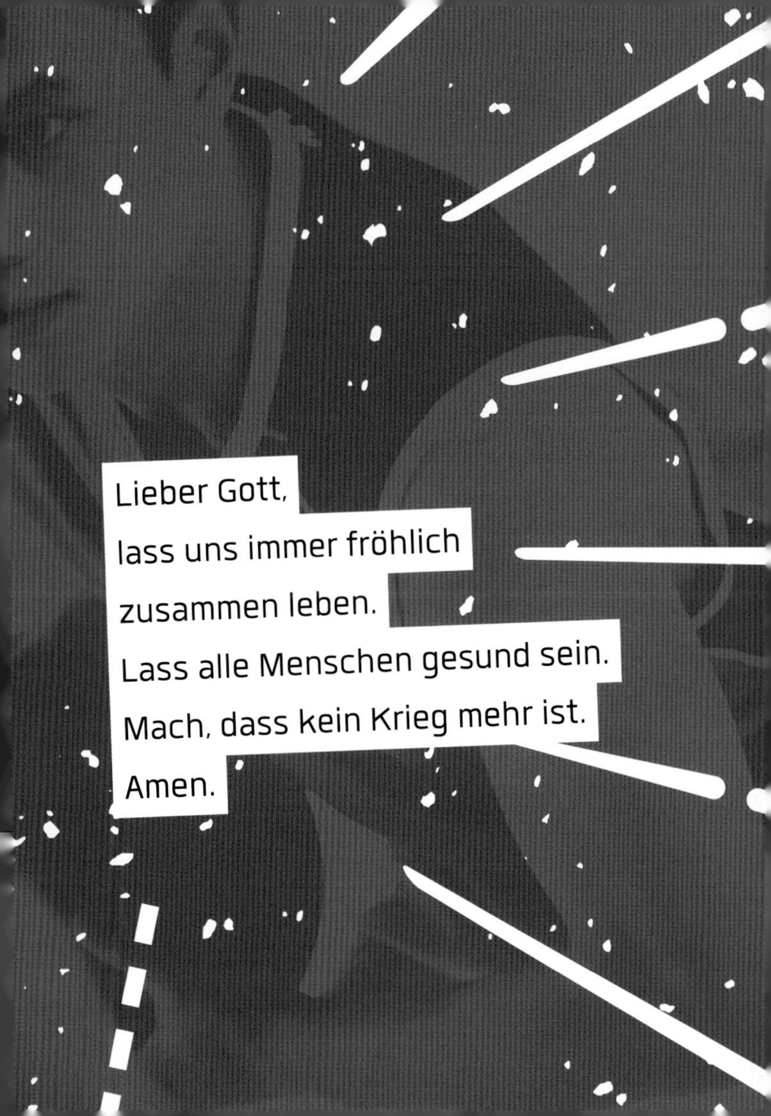

Lieber Gott,
lass uns immer fröhlich
zusammen leben.
Lass alle Menschen gesund sein.
Mach, dass kein Krieg mehr ist.
Amen.

5

DIE KLEINEN ALLTAGS-FREUDEN

Ein Sonnenstrahl auf dem Pausenhof,
die Vorfreude auf einen
Nachmittag mit Freunden,
ein Lächeln von dem
süßen Jungen aus der Oberstufe.
Das Glück liegt in den kleinen Momenten
und wir fühlen es am stärksten,
wenn uns solch ein Moment ereilt.
Wie schön fühlt es sich da an,
dieses Gefühl voll
Dankbarkeit mit Gott zu teilen.

Wie schön hast du diese Welt
gemacht, du Schöpfer.
Jede Art, jeder Organismus,
jede einzelne Zelle perfekt gestaltet,
fehlerfrei, herrlich, wunderbar!
Hab Dank dafür, du großer
und gütiger Gott.
Hab Dank für die warmen
Sonnenstrahlen, die auf mein
Gesicht scheinen, für den Himmel
mit all seinen Erscheinungen,
für das Weltall, für die Pflanzen,
für die Tiere und für uns Menschen.
Danke, dass du uns Leben
und deine immerwährende Liebe
geschenkt hast.

Lieber Gott,
immer bist du da,
wenn mich etwas bedrückt:
Du gibst mir neuen Mut,
dir kann ich alles erzählen,
du hörst mir zu.
Ich möchte dir danke sagen,
dass du für so viele Menschen da bist,
sie beschützt und ihnen einfach
zuhörst. Dir kann man alles erzählen
ohne verurteilt zu werden.
Das ist großartig. Tue auch weiterhin
dein Werk und beschütze die,
die an dich glauben.
Amen.

Danke Gott,
danke, dass ich immer weiß,
dass du uns beistehst.
Ob im Alltag oder in Krisen,
du bist da und hältst
deine Hände über uns.
Zu dir können wir kommen,
wenn wir nicht weiter wissen,
aber auch wenn es uns gut geht.
Gott, bei dir dürfen wir danken
für alle kleinen Alltagswunder,
die für uns die Welt bedeuten können.
Danke für die Freiheit, die du uns
schenkst und die grenzenlose Liebe.
Auch wenn wir zweifeln,
lässt du uns nicht im Stich.
Du bist da bis an der Welt Ende.

Danke Gott!
Danke für den Sonnenschein.
Danke für den Rhabarberkuchen
und die Eiscreme.
Danke, dass es mir gut geht,
ich gesund bin, dass ich lieben kann
und in diesem Land frei
von Krieg leben darf.
Danke, dass ich lachen kann
und so viele um den kleinen Finger
wickle. Danke, dass du da bist.

Hey Gott!
Ich danke dir für meine Freizeit!
Ich danke dir für alle Freunde,
die ich habe. Du hast sie
mir geschenkt und ich möchte
dir dafür DANKE sagen.
Ich danke dir, dass ich entscheiden
darf, was ich gern machen will
und nicht gezwungen werde.
Das ist so cool, dass ich einen freien
Willen haben darf und in einem Land
mit sehr vielen Möglichkeiten wohne.
Ich kann hier so viel erleben!
Das ist echt cool! Danke!

Danke für alles, was du mir in den letzten anstrengenden Wochen geschenkt hast. Es ist unglaublich, wie du Situationen verändern kannst. Ich habe gespürt, wie du in mir gewirkt und mir inneren Frieden gegeben hast. Ich bitte dich auch, dass andere Menschen so etwas erleben dürfen. Es ist ein wahnsinniges Geschenk, wenn du Dinge zum Besseren wendest und dadurch Menschen glücklich machst. Unsere Welt braucht solche Veränderungen.
Veränderungen durch Gebet!

Vater,
hab Dank, dass du da bist,
wenn ich dich brauche
und hab noch größeren Dank,
dass du mich nicht verlässt,
wenn ich nicht nach dir frage.
Amen.

Herr, bei dir ist mein Rückzugsort,
du gibst mir Kraft, schickst mich nicht fort.

Vater, bei dir will ich bleiben, leben im Licht,
mit dir lohnt sich das Leben auf lange Sicht.

Papa, bei dir ist die Ruhe, die Liebe und mehr,
danke für deine Gnade, ohne dich wäre ich leer.

Manchmal brauche ich scheinbar so viel,
aber du machst mir klar, was zählt, ist Gefühl.

Amen.

Vater,

hab Dank dafür, dass ich lebe und jeden Tag neue Erfahrungen machen darf. Danke, dass ich Menschen, die ich schon lange kenne, neu kennen lernen und schätzen darf. Dass du bewirkst, dass meine Meinung nicht fest und verstockt bleibt, sondern du mir den Mut schenkst, offen für Begegnungen zu sein und Meinungen zu überdenken und zu ändern. Vater, bitte gib mir den Mut, Menschen, mit denen es mir schwer fällt umzugehen, positiv zu sehen und für sie zu beten. Sodass ich neue Erfahrungen im Umgang mit ihnen sammle.
Amen.

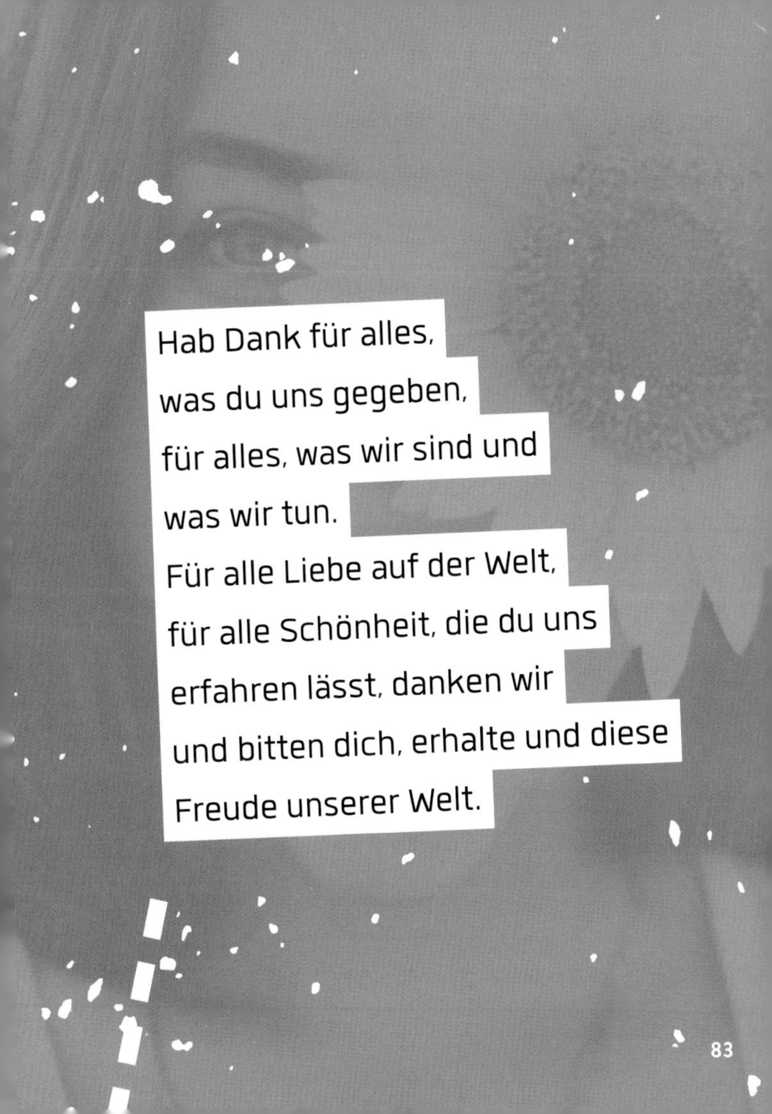

Hab Dank für alles,
was du uns gegeben,
für alles, was wir sind und
was wir tun.
Für alle Liebe auf der Welt,
für alle Schönheit, die du uns
erfahren lässt, danken wir
und bitten dich, erhalte und diese
Freude unserer Welt.

Papa im Himmel!
Weißt du: Ich will dir heute an diesem Tag wieder einmal für etwas danken, wofür ich jede Sekunde, in jedem Lebensabschnitt, egal wo ich bin und wie es mir geht, danken kann.
Jeden Tag freuen wir uns entweder über Dinge oder Situationen ... wenn wir gute Noten haben, tolles Essen genießen können oder Großartiges erleben dürfen ...
Ja, es ist toll ... all das und noch mehr.
Doch was ist, wenn wir dies alles nicht haben? Haben wir dann keinen Grund zur Freude?

Doch!
Wir haben einen Grund,
für den ich dir danken will:
Deine Liebe, die du uns
jeden Tag neu entgegenbringst ...
die nie endet, egal was kommt!
Und deine Gnade, dass du uns immer
wieder neu annimmst und dich unserer
Freuden und Sorgen annimmst.
Einfach, dass du dich um uns sorgst ...
als liebender Papa!
Danke
Amen.

Bitte lieber Gott,
blase meine Sorgen fort.

Ich will dir dafür dankbar sein
in Kirchen und auch in
meinem Kämmerlein.

Ich will dir danken, Herr Jesus Christ,
dass du für uns auferstanden bist.

Ich will an dich glauben jeden Tag,
weil ich dich wirklich mag.

Amen.

Vati,

du siehst, dass ich leider oft nur in Notsituationen mit dir spreche. Doch ich hoffe, dass du weißt und merkst, dass ich jeden Tag froh bin, dass es mir so gut geht.

Zum Geburtstag und zu Weihnachten fällt es mir schwer, mir etwas zu wünschen, weil ich eigentlich schon alles habe, was ich brauche.

Ich danke dir dafür und bitte, dass du mein Leben weiterhin so sehr segnest.

6

ABEND-
GEBETE

Von der Party heimgekommen,
vom Schreibtisch ins Bett geplumpst,
aus einem entspannenden Schaumbad ausgestiegen.
Wenn wir die Augen schließen,
geben wir die Nachtruhe an Gottes Fürsorge ab.

Hey Vater,
danke für diesen ereignisreichen Tag.
Danke, dass ich anderen helfen konnte
und dass es nicht schlimm ist, wenn
wir unsere Schwächen zeigen und
offen zugeben.
Danke, dass du daraus Stärken
machen kannst.
Danke, dass du mich nie im Stich lässt,
sondern mich immer beschützt.
Danke, dass du hier bei mir bist, auch
wenn ich dich nicht immer spüre.
Amen.

Herr Jesus,

ich danke dir, dass du mich kennst.
Durch und durch ... mit allen meinen Fehlern
und Abgründen. Und dass du mich
trotzdem liebst. Unbegreiflich. Unverdient.
Oft erschrecke ich selbst vor mir, wie
wenig ich der bin, den du haben willst.
Und dann darf ich in dein freundliches Gesicht
sehen und deine ausgestreckte Hand ergreifen,
die mich aus dem Sumpf der Sünde zieht.

Herr Jesus,

bitte höre nicht auf, an mir zu arbeiten.
Lass mich immer mehr zu dem Menschen
reifen, der dich über alles liebt und der für
die Menschen und die Welt zum Segen wird.
Halleluja. Amen.

Herr,
ich möchte dir danken, für den Tag,
den ich heute mit dir erleben konnte.
Du siehst all die Dinge, die heute so
gelaufen sind, wie ich es wollte. Du siehst
aber auch das, was schiefgegangen ist.
Lass mir alles zum Besten dienen.
Schenke mir auch morgen die Kraft,
an dem Platz, an den du mich gestellt hast,
Gutes zu tun. Lass mir gelingen, was du für
mich geplant hast.

Segne meine Freunde, meine Familie
und ganz besonders die Menschen, die
ich nicht leiden kann.
Schenke mir jetzt noch einen erholsamen
Schlaf und lass mich morgen voller
Energie durchstarten.
Amen.

Ach Papa, du weißt, wie es mir heute geht, wie die der Tag in der Schule war. Ich kann nur sagen: Danke, denn du warst dabei. Bitte begleite mich auch morgen.

Herr Jesus, diese Zeit macht mir Angst, ich weiß nicht, was die nächste Zeit bringen wird. Ich bitte dich, führe meinen Weg. Sei du selbst der Weg, auf dem ich gehe.

Gott, mir reicht es! Ich kann nicht mehr. Dieser Tag war mir zu viel, ich weiß nicht, wie es weiter gehen soll. Bitte fülle mich mit Kraft und Mut für morgen.
Ich will dich Papa nennen und trotzdem bist du scheinbar so weit weg. Ich bete „Lieber Gott" und weiß nicht, was das bedeutet. Ich wünsche mir, dich mehr kennen zu lernen. Bitte führe du mich immer weiter zu dir hin!

Danke Papa!

Ich weiß nicht, wie ich mich morgen entscheiden soll, Gott. Diese Entscheidung ist so wichtig und ich habe Angst, einen Fehler zu machen. Ich lege dir diese Entscheidung hin, bitte hilf mir morgen, die richtige Wahl zu treffen. Danke, dass dein Weg der beste für mein Leben ist.

Papa, ich habe Menschen gesehen, denen es schlechter geht als mir und ich weiß nicht, warum du das zulässt. Bitte verändere doch die Situation, wenn es sein soll. Führe mich auch dahin, wo ich helfen kann.

Amen.

Himmlischer Vater,
du siehst, wo ich heute gesündigt habe,
wo ich anderen Unrecht getan habe,
wo ich mir selbst im Weg stand und was
anders hätte sein können. Ich bitte
dich, gib meinem Herzen Ruhe, schenke
mir Gelassenheit und inneren Frieden,
vergib mir und fülle meine Einsamkeit mit
deiner Liebe. Zu dir kann ich kommen,
was auch geschieht.
Du, Herr, bist der ewige Fels, der mich
vor den Sturmfluten hält und bewahrt.

Herr, ich weiß, ich kann nie tiefer fallen als in deine Hand, aber dennoch lässt mich vieles daran zweifeln. Papa, schenke mir einfach Kraft, Zuversicht und Hoffnung, sei mir ein Segen und bewahre mich vor Unheil. Sei du einfach an meiner Seite und stütze mich. Hab dank für all dein Tun. Amen.

Z
z
Z

Gott, du hast mich heute
auf meinem Weg begleitet
und hast mir geholfen,
ihn zu finden.
Auch wenn es nicht immer
ganz leicht war,
will ich dir dafür danken.
Bitte hilf mir auch morgen,
deinen Weg zu finden
und sei mir nahe.

Ich danke dir Gott,
dass du mir diesen Tag
geschenkt hast.
Ich danke dir, dass du mir,
als es mir schlecht ging,
aufgeholfen und mir neue Kraft
gegeben hast. Ich bitte dich,
dass du diese Nacht über mich
wachst und mir auch morgen
den Weg weist.
Amen.

Hey Gott, Schöpfer dieser Welt,
ich danke dir für den Tag, den du mir geschenkt hast. Nimm nun alles, was mich ablenkt und stört, sodass ich mich auf dich konzentrieren kann.
Danke für all die guten Begegnungen mit lieben Menschen, für das Essen, das du mir bereitet hast.
Danke für das Wetter, das du gibst – egal, ob Sonne oder Regen, du schenkst Deiner Erde, was sie nötig hat.
(Hier kannst du auch für Dinge danken, die dir noch einfallen).

Ich bitte dich aber auch für alle Sorgen und Nöte dieses Tages. Du warst dabei, als mir Unrecht getan wurde, bei Situationen, in denen ich nicht weiter wusste oder ganz gescheitert bin

(eigene Bitten einfügen).

Ich gebe sie dir ab und bitte dich, mach etwas Gutes daraus.

Ich bitte dich für meine Familie und Freunde, dass du sie behütest und bewahrst.

Ich bitte dich auch für alle Menschen,
die mir schaden wollen, dass du sie segnest
und mir Kraft schenkst, ihnen zu vergeben
und mir hilfst, Ruhe darüber zu finden.

Schenke mir jetzt eine behütete Nacht
und wache du über mir, denn du
hast die Kraft dazu.

AMEN.

Danke Vater,
dass ich den Tag in deine Hände
zurückgeben darf.
Alles Gelungene will ich dir hinlegen,
aber auch, was nicht gelungen ist.
Mach du daraus, was für deine
Welt richtig und gut ist.
Amen.

SCHLUSS

Nun hast du so viele ehrliche und persönliche Gebete lesen können, die zu so vielen verschiedenen Gelegenheiten gesprochen werden können. Nun frage ich aber dich:

Welche Gelegenheiten laden dich zum Beten ein?
Findest du sie in einem der Kapitel wieder oder sind sie hier gar nicht mit aufgezählt?